Madame Lolina

나를 웃게 하는 것들만 곁에 두고 싶다

2021년 05월 24일 초판 01쇄 발행
2021년 11월 15일 초판 03쇄 발행

글·그림 마담롤리나

발행인 이규상 편집인 임현숙
편집팀장 김은영 책임편집 이수민 크로스교정 황유라
디자인팀 최희민 마케팅팀 이성수 이지수 김별 김능연
경영관리팀 강현덕 김하나 이순복

펴낸곳 (주)백도씨
출판등록 제2012-000170호(2007년 6월 22일)
주소 03044 서울시 종로구 효자로7길 23, 3층(통의동 7-33)
전화 02 3443 0311(편집) 02 3012 0117(마케팅) 팩스 02 3012 3010
이메일 book@100doci.com(편집·원고 투고) valva@100doci.com(유통·사업 제휴)
블로그 blog.naver.com/h_bird 인스타그램 @100doci

ISBN 978-89-6833-313-2 03810
© 마담롤리나, 2021, Printed in Korea

나를 웃게 하는 것들만
곁에 두고 싶다

마담롤리나 에세이

오늘의 행복을 붙잡는
나만의 기억법

허밍버드
Hummingbird

나는 오랫동안 나를 괴롭히고 미워했었다.

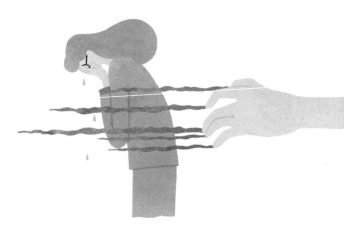

내게 상처 주는 말에 힘을 실어 주고

작은 불운 하나도 잊지 않고 내 기분을 망치는 데 썼다.

하지만 나이를 먹을수록 스스로를 갉아먹는 태도가,

내가 나를 못살게 굴었던 기억들이

스스로를 불행하게 만들고 있음을 알게 되었다.

앞으로는 지금까지와 다른 기억들을 써내려 가고 싶었다.

그래서 팔을 걷어붙이고 나를 웃게 하는 것들을 채집하기로 했다.

뜰채로 건지고 바구니에 담아 오래오래 보관하리라 마음먹으면서.

앞으로 살아가며 가끔씩 돌아보았을 때

그래도 좋은 날들이 많았노라고 회상할 수 있도록.

이 책은 이런 다짐들이 모여 완성되었다.

좋은 일만 기억하기로 했다

2

눈물을 비워 내야 하는 날이 있다

3

품을 들여 나를 가꾸기로 했다

4

하고 싶은 일을 하면 어떨까

좋은 일만 기억하기로 했다

철저하게 준비한 즐거움

※연출된 이미지

다음 날 아침, 따뜻한 커피를 바로 마실 수 있도록
자기 전에 커피를 내려 텀블러에 담아 두기

씻기 싫은 날 샤워하며 들을 수 있도록
틈틈이 힘이 나는 노래들을 플레이 리스트로 만들어 두기

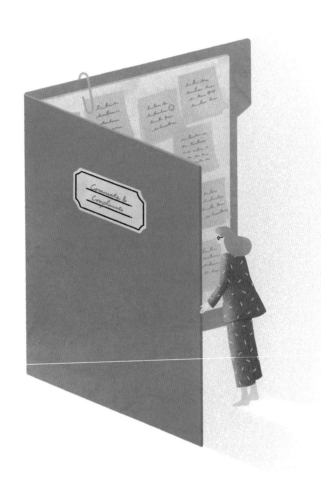

자신감이 떨어질 때마다 펼쳐 볼 수 있게
칭찬과 응원의 말들을 모아 두기

쓸모와 상관없이 죄책감 없는 탕진을 위하여

매일 천 원씩 자동이체 되는 적금을 개설해 놓기

보기만 해도 바로 기분이 좋아지는

귀여움들을 기록해 두기

기억력보다 믿음직스러운

사진으로 남기고 싶은 순간들을 찍어 두기

기분이 처지고 의욕이 사라질 어떤 날들에 대비해
초콜릿을 하나둘 모아 놓듯 철저히 준비한 행복들.

우리는 무엇이 '나'를 기분 좋게 만드는지 잘 알아야 할 필요가 있다. 나를 다년간 지켜본 결과, 샤워하기 싫은 날 욕실에 크게 음악을 틀어 두면 흥이 솟아 저절로 씻게 된다거나, 제철에 따라 메뉴가 바뀌는 디저트 카페의 문을 여는 즉시 행복해진다는 사실을 알아냈다.

스스로를 잘 파악할수록 나를 위해 해 줄 수 있는 일도 늘어나기 마련이다. 우울할 때, 실망했을 때, 외로울 때의 나를 위해 각각 상황에 적용할 수 있는 기분 전환의 매뉴얼을 만들어 보는 것은 어떨까.

좋은 일만 기억하기로 했다

나는 좋지 않은 일을 더 잘 기억하는 편인데,

이것은 자초하는 부분이 상당히 크다.

그 상황을 반복해서

곱씹어 보는 버릇 때문에

점점 선명해지는
흑역사 •••

나중에는 세세한 부분까지 잊지 않게 되는 것이다.

반면 행복한 일은 한 번 느끼고 흘려버린다.

그러니 당연히 불행한 기억의 지분이 높아질 수밖에.

같은 시기를 지나온 친구와

이야기를 나누다 보면

잃어버렸던 퍼즐 조각처럼

좋았던 순간들을 되찾곤 하는데,

그때 흑역사로만 여겼던 과거의 새로운 이면을 보게 된다.

똑같은 상황도 보는 관점에 따라 다르게 기억하는 것이다.

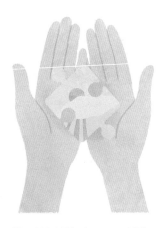

결국 어떤 기억을 남길지는 스스로 선택이 가능한

꽤나 주관적이고 사적인 작업이다.

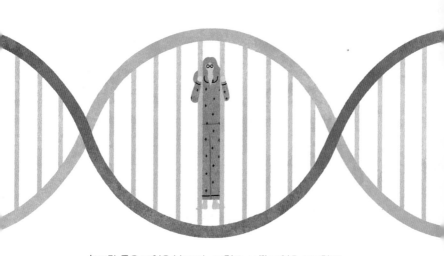

하지만 좋은 기억을 남기기는 어렵고, 나쁜 기억은 오래간다.

이건 내 유전자에 같은 실수를 반복하지 않으려는

생존 전략이 새겨져 있기 때문인지도 모른다.

결국 수십 년간 유지한 사고방식을 벗어나려면

더 많은 노력이 필요하다.

쏜살같이 지나가는
행복의 찰나

그래서 좋았던 일들은 기를 쓰고 기억하기로 했다.

틈틈이 메모장을 열어 기록하고 여러 차례 되새겨 보면서.

그러다 보면 언젠가는 좋았던 기억의 분량이 훨씬 늘어날 테고

그럼 지금보다 더 행복한 사람이 되어 있지 않을까.

복습도 해 보자.

그날을 위해 오늘도 메모장을 열어

친구가 건넨 사소한 농담 같은 것을 적어 본다.

과거를 돌아볼 때면 후회되거나 부끄러운 일들이 가장 먼저 떠오른다. 분명 좋았던 일도 많았을 텐데 내 기억 체계는 짓궂게도 잊어버리고 싶은 일들만 남겨 둔다. 여러 번 봤던 영화를 더 구체적으로 떠올리듯이 안 좋은 일도 곱씹을수록 선명해지는 것은 당연하다.

그래서 의도적으로 좋았던 순간을 되도록 많이 골라 보존하는 훈련이 필요하다. 사람들을 만나고 집으로 돌아가는 길에 내가 저지른 실수 대신 들뜬 분위기와 무해하고 재미있었던 농담, 부드러운 표정, 맛있었던 음식 같은 것을 여러 번 떠올리는 식으로 말이다.

지금 살뜰하게 모은 기억들이 먼 훗날 나를 더 행복한 사람으로 만들어 줄 것이다.

섬광처럼 빛나는 지금 이 순간

나는 온전히 현재에 머무는 것을 어려워한다.

샤워를 할 때나 운동하러 가는 길에도,

좋아하는 작가의 기다리던 신작을 읽을 때에도,

어쩐지 내 정신은 현재를 떠나 어느새 과거 아니면 미래에 가 있다.

눈으로 같은 문장을 반복해 읽는 동안

머릿속에서는 5년 전 실패했던 농담이나

아찔했던 말실수들이 무한 재생된다.

앞으로 해야 할 일이나 앞날에 대한 걱정들로 집중할 수 없어진다.

현재는 놓치고 있고 과거는 지나가 버렸으며
미래는 오지 않았으니
내 정신은 유령처럼 부유하는 느낌이다.

섬광처럼 빛나는
지금 이 순간을 오롯이 느끼고
온전히 경험하고 싶다.

그래도 그때
그 농담은
하지 말걸….
이따가 뭐 먹지?

물론 쉽지 않은 일이지만.

일기를 쓰려고 했는데 바로 어제의 일조차 기억이 흐릿하다. 집에 틀어박혀 어제가 오늘 같은 일상을 보내고, 지나가 버렸거나 오지 않은 일에 대해 생각한다.

외출하고 집으로 돌아가는 길에는 집에서 할 일을 생각하느라 주변 풍경을 무심히 지나친다. 일기에는 '오늘은 빨래방에 다녀왔다'라고 적을 수 있겠으나 집으로 돌아오는 길가에 어떤 꽃이 피었는지, 하늘이 어떤 색이었는지, 새로 생긴 가게들은 있었는지, 세탁한 이불에서는 어떤 냄새가 났는지에 대해서는 전혀 기억나지 않는다.

과거와 미래를 오가며 후회와 걱정으로 현재를 잃어버리는 동안, 계절이 바뀌고 해가 지나간다. 의식적으로 알아채지 않는다면 지금은 금방 흘러가 버린다. 그걸 깨닫고 나서는 숨을 크게 들이쉬고 천천히 고개를 들어 주위를 돌아본다.

숨은 행복 찾기

나는 울적한 감정을 쇼핑으로 해소하곤 했다.

이때의 쇼핑은 꼭 필요해서가 아닌 '좋은 기분'을 구매하는 것에 가까웠다.

쇼핑이 반복될수록 점점 더 많이 가져야만

만족이 되었고 나의 행복은 비싸져만 갔다.

어느덧 나는 카드 빚을 갚기 위해 더 많은 일을 하고

그 스트레스를 풀기 위해 또 쇼핑을 하는 악순환을 반복하고 있었다.

돈을 쓰지 않고서는 즐거워지는 법을 모르는 사람이 되어 버렸다.

게다가 내가 산 것은 물건이 아니라

취향을 과시하며 더 그럴듯한 나로 보이고 싶은 허영이었다.

사지 않아도 가질 수 있는 기쁨을 찾아

무심히 지나쳤던 풍경들을 찬찬히 들여다보기로 했다.

숨은그림찾기를 하듯 동그라미를 쳐 가며,

내가 놓친 즐거움들이 무엇이었는지 꼼꼼히 살폈다.

반려 식물에 돋아난 여리고 부드러운 새잎의 촉감과

겨울밤 따끈하게 데워진 이불에 파고들어 몸을 녹이는 시간,

햇살이 그린 벽의 무늬를 감상하는 일과

눈꺼풀 위로 쏟아지는 주말 오후의 달콤한 낮잠,

단출한 차림으로 자전거를 탈 때

옷 안으로 불어 드는 초여름의 선선한 바람.

금세 잊고 말았지만

나를 미소 짓게 했던,

너무 일상적이라 지나쳐 버린

확실한 행복의 장면들이었다.

굳이 물질을 소유하지 않아도 누릴 수 있는 기쁨들을
눈을 크게 뜨고 귀 기울여 가며 채집하고 싶다.

이렇게 모은 행복들은
택배 박스처럼 쌓아 두지 않고,
언제든 꺼내어 응시하고
충분히 음미할 것이다.

가끔 당근마켓에서 판 중고 물건들에 대해 생각한다. 그것들은 한때 선망했던 삶이었거나 지나간 스트레스의 잔해에 가깝다.

커피머신을 거래하고 돌아오는 길에 불현듯 깨달았다. 내가 진짜 원했던 것은 커피머신이 아니라 커피머신이 놓여 있는 근사한 부엌이었다는 걸. 그런 부엌을 가진 어느 블로거의 삶이었다는 걸. 그때 이후로 맹목적인 쇼핑을 끊을 수 있었다.

이제 6개월 할부로 무언가를 사들이는 대신 모든 감각을 활짝 열고 산책로를 따라 천천히 걷기로 했다. 햇살에 반짝거리는 물비늘을 바라보자 문득 선물을 받은 기분이 들었다. 구매하지 않아도 가질 수 있는 행복이 거기에 있었다.

내일이 기대되는 이유

인생의 낙이 없을 때가 있었다.

취미로 그리던 그림은 직업이 되어 버렸고,

한때 좋아했던 필름 카메라로 사진 찍기는 흥미를 잃었다.

시간이 있어도 딱히 뭘 해야 할지 모를 때,

내일이 오는 것이 별로 기대되지 않을 때,

사는 것은 삭막하고 무미건조했다.

그러던 어느 날, 누군가의 영업에 홀려
어떤 드라마에 푹 빠지게 되었는데

세계관 공부   필모그래피 깨기!

원작을 찾아 읽고 출연한 배우들을 알아보며
나의 덕질이 시작되었다.

한번 발을 들이고 나니

내가 알던 세계의 풍경이 달라지기 시작했다.

봐야 할 것들이 끝없이 나오고,

지루할 틈 없는 시간이 빠르게 흘러갔다.

사진 찍기는 내심 칭찬받기를 바라는 마음이 존재했는데,

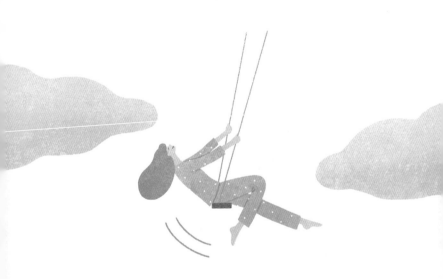

창작물과 사람에 몰입하는 건 그 자체로 즐겁고 행복한 일이었다.

누구의 인정도 필요 없었고, 잘해야 한다는 부담도 없었다.

세상에는 누릴 수 있는 콘텐츠가 무궁무진하고
다양한 플랫폼을 통해 손쉽게 접근할 수 있다.

밥을 먹으면서도, 누워서도 즐길 수 있는
더할 나위 없이 훌륭한 취미다.

이제는 예전과 달리 내일이 오기를 기대하며 잠든다.

결말이 나지 않은 작품들과 아직 보지 못한 명작들,

그리고 놓치지 말아야 할 신작들이 나를 기다리고 있으니까.

언젠가 내가 만든 창작물도 누군가에게는

다음 날이 기대되는 이유가 되기를 바란다.

무언가에 푹 빠지는 일은 몹시 귀한 경험이다.

50화에 이르는 드라마를 반복 주행하며 가슴이 웅장해지고, 눈물 쏙 빠지게 몰입하느라 현실의 시름을 잊었다. 배우의 이름으로 폴더를 만들어서 그곳에 도토리 모으듯 사진과 영상을 저장하니 혹독한 겨울도 무사히 날 수 있을 것 같았다.

잠들기 전 누워 어서 아침이 되었으면 좋겠다는 생각을 한다. 가끔씩 내일이 오지 않기를 바라던 내게 생긴 놀라운 변화다. 그렇게 하나둘 즐기는 콘텐츠가 늘어나기 시작했고 나는 눈에 띄게 행복해졌다.

이제는 기꺼이, 기대하는 마음으로 내일을 기다린다.

지방 소도시 여행자

나는 지방 소도시로 훌쩍 떠나는 것을 좋아한다.

관광지보다는 한적한 동네를 찬찬히 둘러보는 것을 선호한다.

엉뚱하고 재미있는 간판들을 찾아다니는 일과

사람들이 남겨 놓은 귀여운 흔적들을 발견하는 것.

개인이 오래 운영해 온 빵집에 들러 사랑스러운 쿠키를 고르고

옛 정취가 느껴지는 건물들을 사진으로 기록해 두는 것.

특정 지역에만 있는 집의 형태와 타일의 무늬를 관찰하는 순간들과

독특한 메뉴가 있는 가게에 들러 여유롭게 차를 마시는 일.

한적한 거리에서 느긋하게 시간을 보내는 고양이들과

어디에선가 나타나 나의 산책에 동행하는 강아지들.

이런 지방의 풍경들은 시골에서 나고 자란 내게
그리움을 달래고 숨을 틔우는 바람길이 된다.

일상으로 복귀한 후에도 지방의 시시콜콜한 풍경들은
귓전의 파도 소리나 메밀꽃 향기의 기억으로 돌아와
나를 간지럽히곤 한다. 그래서 나는 종종 소도시로 여행을 떠난다.

논길을 달리고 볏짚을 헤치고 놀며 유년기를 보낸 기억 때문인지, 지방의 소도시가 가진 특유의 투박하면서도 정겨운 풍경들을 사랑한다. 특히 '보헤미안 밥소리' '건전 음악 휴게실' '참새들의 방앗간 길 카페' 등의 간판을 발견하는 일이 무척 즐겁다. 부러 멋을 내지 않고 기존의 문법을 따르지 않는 이름 짓기에 골몰했을 사람들이 귀엽게 느껴진다.

모든 것이 빠르게 변하는 세상 속에서도 바뀌지 않는 풍경들이 있었으면 한다. 이기적이고 불가능한 바람인 것을 알기에 상대적으로 느리게 흘러가는 소도시들을 자꾸 찾게 되는지도 모른다.

삶의 의미가 없을지라도

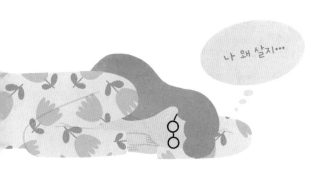

나 왜 살지···

불행하다는 느낌을 받으면 문득, "왜 살지?"라는 의문이 든다.

이전에도 딱히 삶의 목적이 있었던 것은 아니지만

고통이 커지면 "어째서?"라고

묻게 된다.

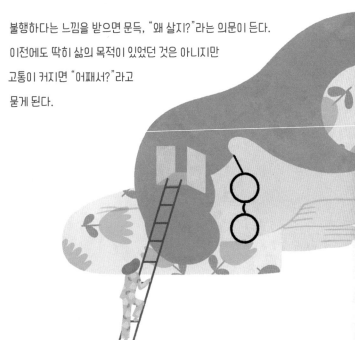

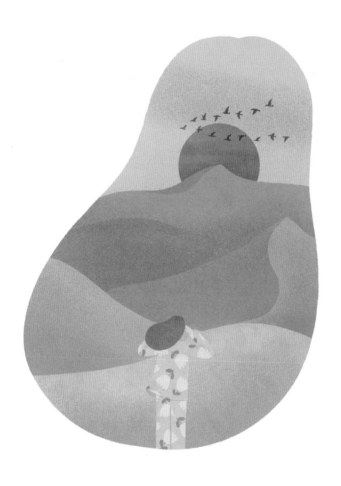

꼭 이루고픈 목표도 없고,

평생 나를 부양해야 한다는 현실은 무겁게 다가온다.

앞으로 점점 더 쇠약해지고 가난해질 날들만 남은 것 같다.

FROM
THE MOON

로또나 연금복권 1등에 당첨되거나
우연히 달에서 날아온 운석을 줍는 게 아니라면
어떤 희망에 기대어 살아야 할지 모르겠다.

돈이 만병통치약처럼 느껴지곤 하니까.

이렇게 음울한 상상에 빠져 있다가도

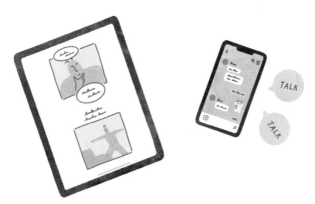

TV를 보다 나도 모르게 깔깔 웃거나

재미있는 웹툰에 빠져 밤을 샐 때,

말이 잘 통하는 친구와 피로감 없는 수다를 떨 때면

괴로움의 틈 사이로 잠시나마 빠져나올 수 있다.

이런 대단치 않지만 웃음이 나오는 순간들이 모이면

고단한 하루하루가 꽤 견딜 만한 것이 된다.

삶의 의미를 억지로 만들고 싶지도 않고,

거창한 목적을 추구해야만 가치 있는 인생이라 생각하지도 않는다.

그저 사는 동안 웃을 일이 많았으면 하고 바랄 뿐이다.

아무리 고통스럽고 절망적인 상황에 놓이더라도

기어코 웃을 거리와 즐길 거리를 찾아내는 사람이 되고 싶다.

〈인생은 아름다워〉의 귀도처럼. 〈조조 래빗〉의 로지처럼.

삶을 버텨 내는 힘은 웃는 순간들로 키워지는 것이 아닐까. 허리를 젖히고 물개 박수를 치며 웃다가 넘게 되는 고비들이 제법 많으니까.

치료가 불가능한 병을 진단받고도 기어이 웃음 포인트를 찾아내 울던 나를 웃게 한 친구가 있었다. 그렇게 갑자기 풋 하고 터지는 웃음은, 너무 무거워서 깔려 죽을 것 같은 인생의 비극을 블랙코미디로 바꾸어 버린다.

현실을 바꾸지는 못해도 충분히 견뎌 나갈 수 있도록 나를 웃게 하는 일들을 자발적으로 찾아다니고 싶다.

웃음이 아주 헤픈 사람이 되고 싶다.

살아 있기를 잘했어

사는 것이 힘들어 주저앉고 싶은 순간들이 있지만

그 고비들을 넘기고 난 후 작거나 큰 행복을 느낄 때마다

'살아 있기를 잘했어'라는 생각이 들곤 한다.

친구가 물려받은 낡고 작은 차를 타고 여행을 떠날 때의 흥분과

입에서 순식간에 녹아 사라지는 수플레 팬케이크의 황홀한 맛,

동경했던 분으로부터 작업 제안을 받았을 때의 설렘,

더 싸고 큰 집으로 이사해 생활의 질이 수직으로 상승했던 경험,

꽁꽁 얼어 있던 내 마음을 녹여 버린 친구의 진심 어린 사과,

무주의 깨어질 듯 차갑고 맑은 밤에 만난 수많은 별과 유성우들,
제주도의 환상적인 낙조와 떼 지어 튀어 오르던 돌고래들.

그때 놓아 버렸다면 영영 알 수 없었을 행복이라 생각하니

그 시절의 나에게로 돌아가 넌지시 말해 주고 싶다.

지금 지배하는 고통이 전부가 아니라고,

더 이상 좋아질 리 없다는 낙담은 사실이 아니라고 말이다.

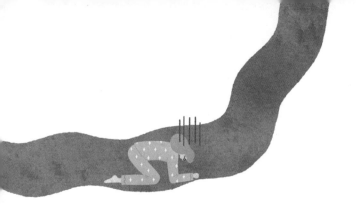

앞으로도 주저앉아 다 그만두고 싶은 날들이 많이 있을 테지만

분명한 것은 그 시기만 통과하면

아직 내가 모르는 무수한 기쁨들이 기다리고 있을 거라는 사실이다.

그 기쁨의 기억들은 내가 부서지고 흔들릴 때마다

'다시 해 보자' 다짐하는 근거가 되어 줄 테고,

그 빛에 의지해 어두운 터널을 빠져나오면

어느새 다시 읊조리게 될 것이다.

"역시 살아 있기를 잘했어."

'이 나이에도 처음 해 보는 것이 이렇게 많구나'라는 생각을 매년 한다(올해의 나는 처음으로 말레이시아 로컬 음식을 먹어 보았다). 대부분의 날은 권태롭고, 좌절은 곳곳에 지뢰처럼 숨어 있지만 하루하루 살아가면서 만날 수 있는 좋은 날들도 있다.

친구 어머니에게 들었던 "그 나이대가 되어야만 알 수 있는 즐거움이 있다"는 말처럼 40대에도, 50대에도 어김없이 살아 있길 잘했다는 생각이 드는 순간들이 올 것이다.

지금 가장 어두운 시간을 지나고 있다면 이 사실을 꼭 기억해 주었으면 좋겠다.

2

눈물을 비워 내야 하는 날이 있다

눈물을 비워 내는 날

우울한 날에는 고슴도치가 된 기분이야.

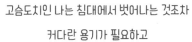

고슴도치인 나는 침대에서 벗어나는 것조차

커다란 용기가 필요하고

씻으러 가는 길은 멀고 험난하게만 느껴져.

평소라면 넘어갔을 말들에 쉽게 화가 나기도 하며,
눈물은 더 담을 수도 없이 흘러내리지.

그렇게 기분이

바닥을 치고 나면

어느덧 밤이 찾아와
지쳐 잠들고

다음 날 아침이 되면 어느새 원래의 나로 돌아와 있는 것을 발견해.

마치 아무 일도 없었던 것처럼.

약간의 후유증을 남긴 채로.

그런 날이 있다. 쉽게 해내던 일들이 갑자기 어렵게 느껴지고 잔뜩 움츠러들어 가시를 뾰족하게 세우는 날이. 살아가는 것은 고통의 연속일 뿐이고 끝없이 계속되는 시험 같다. 그럴 때는 충분히 속상해하며 울고 또 운다. 엉엉 소리를 내고, 있는 힘을 다해 서러워한다. 그 모습이 어른스럽지 않다고 다그치지 않고, 추하다고 부끄러워하지도 않는다.

그러다 제풀에 지쳐 까무룩 잠들고 나면 어느새 무거운 짐을 내려놓은 사람처럼 가벼워진다. 그렇게 눈물을 비워 내야 하는 날이 있다.

어떤 물약

특별하게 제조된 어떤 물약을 마시면

나와는 전혀 다른 사람이 되었으면 좋겠어.

그 애는 누구를 만나건 비굴하지도,

거만하지도 않은 일관적인 태도를 가지고 있어.

자신의 기호나 취향을

부끄럽게 여기지도 않고

끌리는 일에 푹 빠지는 걸 주저하지 않지.

그래서 근사한 취미와 수집품들을 여러 개 가지고 있어.

자기가 만들고 그린 것들도 애정을 가지고 아껴.

타인의 평가에 따라 값을 함부로 매기지도 않아.

인간은 누구나 불완전하다는 걸 알기에

자신의 흠을 인정하고 담담히 받아들이곤 해.

그리고 더 나은 사람이 되고자 하지.

그게 자기가 할 수 있는 최선임을 아니까.

약효가 떨어지고 원래의 나로 돌아오는 것은

꽤나 괴로운 일이겠지만

적어도 내가 어떤 사람이 되고 싶어 하는지는 알 수 있겠지.

거기부터가 의미 있는 시작이 될 거야.

스스로가 마음에 들지 않을 때마다 공상에 빠진다. 상상으로나마 지금의 나보다는 더 이성적이고, 훨씬 단단한 심지를 가진 존재가 되어 보는 것이다.

상상이 구체적일수록 되고 싶은 모습은 선명해지며 실재하는 사람처럼 생명력을 갖는다. 그렇게 잔뜩 꿈을 꾸다 공상의 약효가 끝나면 비관적이고 물렁한 심지를 가진 나로 다시 돌아온다.

그 간극이 쓰라리지만 내가 원하는 모습이 손에 잡힐 듯 그려졌기에, 내가 할 수 있는 일은 이상형과 현재 나와의 틈을 좁히는 노력을 한 방울 한 방울 더하는 것뿐이다. 이 방울들이 모여 언젠가는 물약이 필요 없는 내가 되어 있기를 바란다.

도망치는 것이 답일 때가 있다

나는 도망의 명수다.

날 고통스럽게 했던 친구와는 절연했고

자존감
도둑의 방

- 10시 이후 퇴근
- 주말 근무
- 동료의 괴롭힘
- 회식, 음주 강요

회사도, 아르바이트도 오래 못 다니고 그만두었다.

집주인

REAL ESTATE NEWS

도망의 후폭풍으로 곤경에 빠지기도 했지만,

그 결과는 지나치게 달콤했다.

이제야 살 것 같아…

만약
그저 참고 견뎠다면
훨씬 불행했을 것이라
생각한다.

도망치라는 신호는 어쩌면
살기 위한 내 본능이 보내는
경고일지도 모른다.

그리고 이 본능과 도망의 경험들은

절대로 도망치고 싶지 않은 곳 또한 알려 준다.

내가 기억하는 가장 첫 번째 도망은 어떤 아이의 집에서였다. 친구들과 함께 놀러 간 집에서 나의 방문을 노골적으로 싫어하는 그 아이의 표정을 보고는 나는 그대로 뒤돌아 있는 힘껏 도망쳤다. 그날 이마의 땀을 스치던 바람이 아직도 생생하다.

매번 도망갈 수는 없겠지만 때로는 나를 불편하고 힘들게 하는 원인으로부터 벗어나는 것만이 답일 때가 있다. 내면의 내가 보내는 구조 신호에 귀를 기울여 도저히 할 수 없는 일들을 하나씩 제거하고 나면, 남은 선택지에 내가 버틸 만한 곳이 있을지 모른다.

나는 8년여의 방황 끝에 이 소거법으로 찾은 일을 9년째 하고 있다. 주변에는 마음이 맞는 소수의 사람들이 남았고, 원치 않은 사람들과 부대꼈던 20대보다 훨씬 편안해진 마음으로 살아간다.

때로는 도망친 곳에 낙원이 있다.

그동안 정말 고생 많았어.

스스로를 먹이고, 입히고, 재우고
위험으로부터 보호하느라 많이 힘들었지.

때로는 낭떠러지 끝에 서 있는 것처럼 막막했을 테고

어디로 흘러가고 있는 건지 알 수 없어

두렵고 고통스러웠을 테지만

결국은 다 지나가고

너에게도 다정한 구원 같은 휴식이 찾아왔겠지.

하지만 명심해.

그 시간 또한 영원히 지속되지 않는다는 것.

험난한 세상 속으로 다시 내던져진다는 것.

그리고 이 모든 것은 계속 반복될 거야.

지금까지의 삶을 돌아보면 좋은 일도 나쁜 일도 영영 계속되지 않았음을 알 수 있다. 그래서 마냥 행복할 때도 방심할 수 없고, 절망 속에서도 한 번만 더 힘을 내자고 마음먹게 된다.

굴곡 없는 인생을 살고 싶지만 쉽지 않다. 대신 출렁이는 변곡점의 파도를 탈 때마다 그만큼의 경험과 지혜들이 착실히 쌓인다고 믿는다. 고된 시기를 겪을 때는 지친 날개를 접고 둥지에서 쉴 날을 기다린다. 힘든 시기를 이겨 내고 아늑하게 보낼 시간에 대한 기대가 차오른다. 오늘도 그날을 상상하며 견딘다.

나에게 상냥해지기로 했다

나에게는

꽤 혹독한 감시자가 있다.

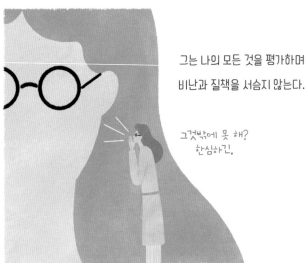

그는 나의 모든 것을 평가하며

비난과 질책을 서슴지 않는다.

그것밖에 못 해?
한심하긴.

모두 널 위해서야.

누가 뭐라 하기도 전에 스스로를 비하하고 상처 주는

이 목소리와 평생을 함께해 왔다.

하지만 어느 날 문득 의문이 들었다.

이 목소리는 대체 어디에서 온 거지?

가만히 돌아보니 그 목소리는 내가 지금까지 들어 온
무례하고 잔인한 말들의 총합이었다.

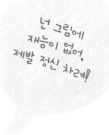

난 그 말들을 적당히 거르지 않고
고스란히 내면화한 다음 나에게 모질게 굴었다.

그렇게 해야만 더 나은 내가 되는 줄 알았지만
어느새 그 아픈 말들이 다른 사람들에게도
향하는 걸 알아채고는 당황했다.

나도 모르게 내가 절대 되고 싶지 않았던

목소리의 주인들처럼 되어 가고 있었다.

이제는 안다.

내가 나에게 관대해야

타인에게도 너그러워질 수 있다는 걸.

나 자신에게
상냥한 내가 되어 주기로 했다.

무리하지
않아도 돼,
할 수 있는 만큼만
해 보자.

실수를 저지르거나 좋은 성과를 내지 못했을 때, 작업 속도가 느려 폐를 끼쳤던 순간이 있다. 그때 나에게 비난 대신 다독이는 말로 등을 두드려 준 이들이 있다. 그들은 필시 자기 자신에게도 너그럽고 관대한 사람일 것이다. 스스로에게 상냥한 마음이 내면에 있어야 타인도 따뜻한 시선으로 바라볼 수 있기 때문이다.

마음을 데우는 따스한 시선들이 모여 이 세상을 제법 살아 볼 만한 곳으로 만든다고 믿는다. 나 역시 보탬이 되기 위해 나에게 상처를 주는 말부터 그만두기로 했다. 남에게도 나에게도 가혹한 세상은 지옥이나 다름없으니까.

친구의 빈자리가 알려준 것

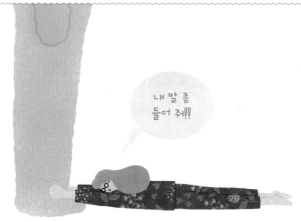

나는 징징의 왕이었다.

그리고 나에게는 힘든 문제가 생길 때마다 터져 나오는 하소연들을
진지하게 들어 주며 위로와 조언을 건네주던 친구가 있었다.

하지만 나는 도움을 받아 문제를 해결하기보다

내 고민이 가장 심각하고 불행한 것임을 공감받고 싶었다.

그 목적을 달성해야만 푸념하는 것을 그만두었다.

투정만으로는 상황을 바꾸지 못한다는 걸 알고 있었지만,
내 마음이 가벼워지도록 불쾌한 감정들을 해소하는 게 더 중요했다.

하지만 내 투정을
고스란히 받아 내야만 했던
친구의 마음은 어땠을까.

결국 친구는 나아지려는 의지 없이
불만만 쏟아 내는 내게 지쳐 떠났고,

그때에야 비로소 뒤늦은 후회가 들기 시작했다.

나에게 맺힌 괴로움을 쏟아 내는 것에 급급해

조언을 받아들여 더 나은 내가 될 수 있었던 기회들을 외면했다.

불평은 쉽지만 행동을 개선하는 건 품이 들고 번거로운 일이니까.

이제는 마냥 한탄하고 징징대고 싶을 때마다 그 친구를 떠올린다.

어떤 감정들은 홀로 삼키고 감당해야 한다는 사실을

친구의 빈자리가 가르쳐 주었다.

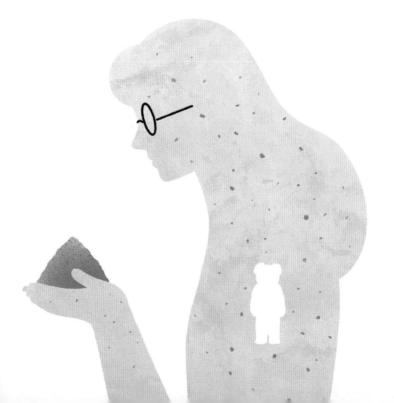

누군가를 감정 쓰레기통으로 여기는 일을

다시는 하지 말자고 다짐하면서,

오늘도 친구를 그리워한다.

돌부리에 걸려 넘어질 때마다, 상처를 봐 달라며 습관적으로 친구를 찾았다. 어떻게 하면 넘어지지 않을지 도움을 구하는 척 가장해 투정을 부렸고, 친구가 내민 해결책들은 하나하나 변명을 붙이며 외면했다. 그저 내가 이렇게 아프다는 것을 알아 달라고 보챌 뿐이었다.

손잡아 일으켜 줄 친구가 떠난 뒤에야 조언대로 발을 헛딛지 않도록 땅을 살피고 걸림돌을 치우기 시작했다. 이제는 내가 먼저 나를 구할 수 있어야 건강한 관계도 맺을 수 있음을 안다.

친구는 아마 내가 다시는 넘어지지 않기를 진심으로 바랐을 것이다. 너무 늦게 깨달아 버린 마음이다.

갑자기 불행이 닥치더라도

크게 기쁜 일도, 슬픈 일도 없는 무난한 날들을 보내다가

내 그림들을 도용해 판매해 온 업체가 있다는 사실을 알고

분노와 절망에 빠졌다.

나쁜 일이 생기면 그 이전의 평온함이 간절해진다.

정작 그 평화는 지루하다고 느꼈으면서 말이다.

아드레날린이 뿜어져 나오는 희열이 아닌

무탈하고 평안한 상태도 행복의 범주에 드는 게 아닐까.

감정은 상대적인 것이라, 불행과 대비될 때 행복은 더 빛나 보인다.

나는 하루라도 빨리 이전의 평화를 되찾고 싶었다.

억울함과 속상함 때문에 식사를 거르고, 잠을 설쳤다.

그리고 내게 작은 웃음조차 허용하지 않았다.

문제가 해결되기 전까지는 절대 긴장을 놓을 수 없었다.

이것이 불행을 다루는 나의 방식이었다.

그러다 문득 의문이 들었다.

나는 왜 가뜩이나 힘든 나를 더 괴롭히고 있는 걸까.

오히려 힘든 일이 생길수록 잘 먹고 잘 자면서,

웃을 일이 생기면 크게 웃어야 하는 게 아닐까.

진창에 빠진 것 같은 현실 속에서도 행복을 추구하는 태도야말로
절망에 지배당하지 않는 방법일 것이다.

그래서 주저앉고 싶은 나를 다독이고 일으켜
삿포로식 수프 카레를 먹으러 갔다.

먹고 나니 빈속이 데워지며 힘이 돌아왔고,
그 힘으로 내용 증명을 작성했다.
억지로라도 친구에게 웃으며 농담을 건네자,
마법처럼 기분이 서서히 나아졌다.

불행에 잡아먹히지 않고 나에게 행복을 허락하는 것,

그렇게 얻은 힘으로 상황을 타개할 방법을 모색하는 것.

그것이 이번에 배운, 내가 나를 구하는 자세다.

그림을 도용당한 일 외에도 약속한 날짜에 작업비가 입금되지 않으면 불면의 밤이 시작된다. 차일피일이 몇 달이 되고 끝내 연락이 끊겨 돈을 받지 못한 적이 있기 때문이다.

내 잘못이 아닌데 벌 받는 기분으로 하루하루를 보냈고 온통 그 문제에 몰두하느라 다른 일이 손에 잡히지 않았다. 마치 최선을 다해 불행에 충실해야만 상황이 해결될 것처럼 굴었다. 문제 해결과 딱히 상관관계가 없는데도 말이다.

나쁜 상황이 닥치면 오히려 기분을 끌어 올리고 잠도 푹 자야 한다. 갑자기 찾아온 불운에도 굴하지 않고 씩씩하고 당당하게 싸울 수 있도록.

세상과 거리 두는 하루

스트레스 없는 하루를 만들기 위해서는
먼저 일에 관련된 것들을 다 끊어 내야 한다.

WORK ← | → RELAX

책상을 파티션 삼아 공간을 나누어 두었으므로
평소 일하는 장소인 책상 앞에는 가급적 앉지 않는다.

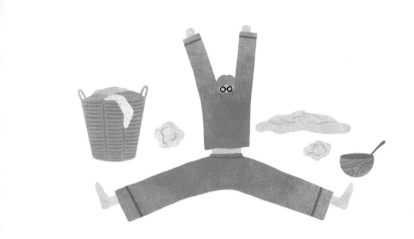

몸을 구속하지 않는 편한 소재의 잠옷을 입고
주변은 어질러진 상태로 둔다.

방의 조도를 낮춘 후, 아로마 램프에 초를 밝히고
긴장 완화에 효과가 있다는 에센셜 오일을 몇 방울 떨군다.

뒹굴며 감상할 콘텐츠로
가벼운 로맨스나 판타지, 코미디 같은 장르를 고른다.
또한 뉴스를 보거나 SNS에 접속하지 않음으로써
현실 감각을 차단한다.

실제로 벌어지는 일들에서 벗어나
내가 구성한 세계로
들어가는 것이다.

그렇게 침대 위에서 자세를 바꾸어 가며
하루 종일 놀다 보면,
점점 꿈꾸는 상태와 비슷해진다.

침대 위의 나는 안전한 느낌이 들고,
엉킨 실타래 같은 문제들은 전생의 일처럼
아득하게 느껴진다.

일부러 아무것도 하지 않고 시계를 보면서
시간이 천천히 흐르는 것에 안심하기도 한다.

이렇게 아무런 의무도, 위기도 없는 하루를 보내면
인생은 제법 감미로운 것이란 생각이 들기 시작한다.

누군가가 만들어 낸 허구를 즐기면서, 베개와 쿠션 사이에
파묻혀 있다 보면 스트레스는 불을 붙인 초처럼 천천히 녹아내린다.

비록 다음 날 잠이 깨면 안락했던 고치를 찢고 나와

현실로 돌아가야 하지만,

오히려 너무 오래 누워 있었기 때문에

일어나 제대로 살고 싶은 기분이 든다.

마치 새로 태어난 사람처럼.

나에게 침대 위에서 보내는 스트레스 없는 하루는 현실 도피와 마찬가지다. 하지만 그것이 꼭 나쁜 것만은 아니라고 생각한다.

적극적으로 현재와 거리를 두어야 완화될 수 있는 긴장이 있고, 꼭 멀어져야만 치유되는 상처가 있다.

아늑한 요람 안에서 내가 해야 할 일은 그저 넷플릭스나 소설에 푹 빠져 즐거운 시간을 보내는 것뿐이다. 그러다 보면 머리맡으로 꿀처럼 다디단 잠이 쏟아진다.

3

품을 들여 나를 가꾸기로 했다

나를 돌보는 일

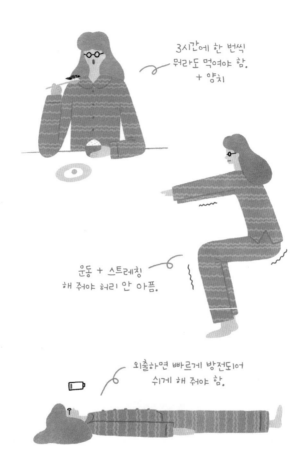

3시간에 한 번씩
뭐라도 먹여야 함.
+ 양치

운동 + 스트레칭
해 줘야 허리 안 아픔.

외출하면 빠르게 방전되어
쉬게 해 줘야 함.

나를 돌보기란 보통 일이 아니다.

졸음을 쫓아내고 하루를 시작하는 것도
쉽게 잠들 수 없는 나를 재우는 것도

과거의 선택을 후회하는 나를 위로하는 것도

절망에 빠질 때마다 나를 구하는 것도 내 몫이다.

나를 다독이다 체념하며 스스로를 방치할 때도 많았다.

하지만 나이가 들수록 나에 대한 데이터가 충분히 쌓이며

자신에 대해 점점 더 잘 알게 되었고

그 데이터를 근거로 적당한 처방을 내려

전보다는 수월하게 '나'를 도울 수 있다는 걸 깨달았다.

나를 뜨겁게 사랑할 자신은 없어도

나를 돌보는 일은 계속해 보자고 다짐한다.

자신을 잘 살피고 보듬는 것은 하루하루를 버틸 힘을 기르는 일이다. 힘에 부쳐서 내가 나를 방관하고 내버려 두면 잠깐은 편하긴 해도, 상황을 점점 더 나쁘게 만들고 결국은 자학으로 빠지게 된다. 그때의 감각은 다수의 경험으로 뼈에 새겨져 있다.

무너지고 다시 일어나는 동안 온몸으로 부딪히며 겪어온 시간들은 차곡차곡 쌓여 훌륭한 데이터가 되었다. 이 데이터를 바탕으로 스스로를 돕는 작은 행동이 모이면 갑자기 커다란 구덩이에 빠지더라도 헤어 나올 수 있다. 결국 나는 내가 돌보아야 한다.

프리랜서인 나의 일상은 그다지 프리하지 않다.

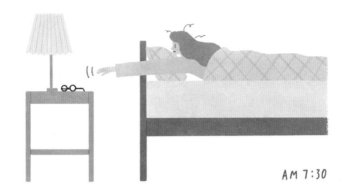

7~8시에 일어나자마자 안경을 쓴 뒤 침대를 정리하고
아침으로 요거트에 그래놀라를 섞어 먹는다.

식후에는 커피를 마시며
잠을 쫓아내고, 청소기를 돌린 다음
홈 트레이닝을 하거나 요가 수업에 간다.

메일 답변 덕질 SNS 업로드 그림 작업

PM 3:00

운동을 마치고 씻으면 12시.

점심을 먹고, 웹서핑을 하다가 작업용 잠옷으로 갈아입은 뒤

일을 하면서 5시에는 간식을 챙겨 먹는다.

7~8시에는 저녁 식사를 하고
다시 자리에 앉아
10시 즈음에 일을 마친다.
책상 위를 정리하고
가볍게 스트레칭을 한 다음

PM 10:00

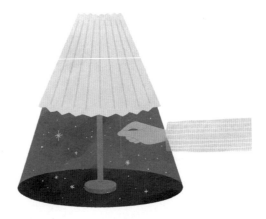

천장 등을 끄고 은은한 빛의 스탠드를 켠 후 수면용 잠옷으로
갈아입으면 휴식 모드로 스위치가 전환되며 긴장이 풀린다.

이 루틴은 많은 시행착오 끝에 자리 잡은 것으로,
몸에 익은 후에는 커다란 의지나 에너지를 들이지 않고도
일상을 운용할 수 있게 되었다.

물론 이 루틴이 깨질 때도 많지만,

몸이 기억하는 습관의 힘은

언제든 일상을 복구할 수 있다는 믿음을 준다.

일상의 뼈대가 단단하게 구축되어 있으면,
예기치 못한 위기가 찾아와도 크게 흔들리지 않는다.

그래서 오늘도 내가 공들여 만든 이 쳇바퀴 속으로 기꺼이 들어간다.

하루하루를 튼튼하게 다지는 마음으로.

프리랜서가 되면 원하는 때에 잠을 자고 마음이 내키는 대로 살 수 있을 거라는 기대가 있었다. 하지만 지금의 나는 제법 반복적이고 규칙적인 패턴으로 일상을 꾸리고 있다. 정규적인 삶의 바깥에서 자유로울 것 같은 프리랜서는 오히려 스스로의 규율이 확실해야 불안정한 지면을 두 발로 딛고 설 수 있다.

나에게는 충동적인 성향이 있기 때문에 이 루틴들은 일상의 중심을 잡기 위한 추 같은 것이다. 규율이 확실할수록, 추의 무게가 무거워질수록 외부의 자극에도 덜 휘청거린다.

통장 잔고의 숫자들은 끊임없이 바뀌며 나를 불안에 떨게 하지만, 내일 오후 5시에도 어김없이 간식을 먹을 것이라는 사실이 나를 안심시킨다.

아파도 근육통이라면

예전에는 막연히 '살을 빼기 위해'
또는 '해야 할 것 같아서' 간간이 운동을 했다.

운동 싫어.

그때 나에게 운동이란 하면 좋지만
하지 않아도 큰 지장은 없는 선택의 문제일 뿐이었다.

GOALS

- ☑ CARDIO
- ☑ WIDE SQUAT
- ☑ KNEELING PUSH-UP
- ☑ SLOW BURPEE
- ☑ CRUNCH
- ☑ LEG RAISE
- ☑ BRIDGE
- ☑ STRETCHING

물론 땀을 흘리면 해냈다는 뿌듯함과 동시에

기분이 좋아지기도 하지만

왜 나를
고문해야 하지??

그저 나를 괴롭게 하는,

의식적인 노력과 각오가 필요한 일이었다.

의지를 쥐어짜기 위해 시도해 본 방법들은 다음과 같다.

방법 : 헬스장이나 체육센터 등록하기

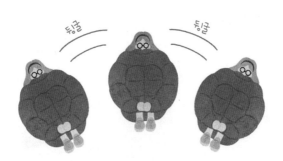

결과 : 날씨가 추워지면 옷을 껴입고 벗기가 귀찮아서 점점 안 가게 됨.

안 가는 날이 많아지면 자포자기하는 마음으로 발길을 끊음.

방법 : 마음이 내킬 때 집에서 바로 운동할 수 있도록 일단 운동복 입기

결과 : 운동복을 입고 하루 종일 생활함.

방법 : 샤워하기 바로 전에 운동하기

결과 : 운동을 하기 싫어 샤워를 미루다 씻지 않고 잠

이런저런 시도들은 결국 실패로 돌아갔지만

곧 도저히 외면할 수 없는 강력한 동기가 나타났다.

그건 바로 노화와 운동 부족으로 인해 하나둘 시작된 몸의 통증이었다.

운동이 선택의 문제가 될 수 있었던 건 아파 보지 않았기 때문이었다.

도수치료라는 고문을 받은 후 절절히 깨닫고 나서야

앞의 세 가지 방법을 적절히 섞어 운동하기 시작했다.

디스크의 고통보다는 스쿼트 100번의 근육통이 낫다.

역시 직접 겪어 보기 전에는 모른다.

어느 순간부터 운동은 내게 바람직한 취미에서 생존 카테고리로 분류되기 시작했다. 목부터 손목, 허리와 엉덩이를 아우르는 통증은 내게 위기감을 안겼고, 도수치료사는 그 통증을 고치기 위해 몸에 직접 고통을 주며 운동에 대한 경각심을 일깨웠다.

운동 후 따르는 근육통 역시 통증이긴 하지만 아파서 오는 통증에 비하면 확실히 참을 만하다. 미리 근육을 길러 두었다면 고생을 덜했겠지만 나는 매운맛을 봐야 정신을 차리는 어리석은 사람인가 보다. 오늘도 그 어리석음을 만회하기 위해, 살기 위해 운동을 한다.

남과 비교될 때 외우는 주문

멋진 전시를 보러 가거나

다른 작가들의 작업물들을
하루 종일 보다 보면
점점 작아지는 나를 발견한다.

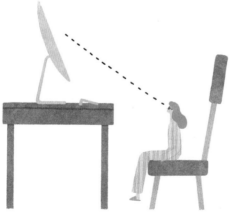

잘하는 사람이 이렇게 많은데
내가 굳이 그림을 그려야 하나?
나는 왜 이리 못났지?
부정적인 생각들에 갇혀
아무것도 할 수 없다.

비교로 마음이 지칠 땐 일단 그 자리를 빠져나와야 한다.

한숨 돌린 후에는 마음을 다잡는다.

내가 나이기 때문에 그릴 수 있는 그림을 그리자고.

일러스트레이터를 그만두려 한 적이 있었다. 우연히 본 어느 작가의 일러스트는 인체 비율이 제멋대로였지만 유쾌한 리듬이 느껴졌고, 과감한 질감 표현이 매력적이었다. 그의 그림에 많은 사람이 열광했다. 무엇보다 그는 그림을 그리는 것을 즐거워하고 있었다.

반면 당시의 나는 그림을 그리는 것이 괴로웠고, 그와는 반대로 사실적인 묘사를 추구했기에 열등감을 느꼈다. 내 그림은 오답처럼 느껴졌고 일러스트레이터란 개성 있는 사람에게나 허락되는 일인 것만 같았다.

하지만 끝내 그만두지 않은 것은 자유롭거나 과감하지 못해서 나오는 섬세함 때문에 나를 좋아하는 사람들이 있다는 것을 알게 되었기 때문이다. 어느새 섬세함은 나의 개성이 되어 있었다. 그 이후에는 나다운 그림을 계속 그려 나가자고 결심했다.

이 다짐은 '내 그림은 왜 이리 못났지'라는 생각이 들 때 나를 일으키는 마법의 주문이다.

최악부터 상상하는 나에게

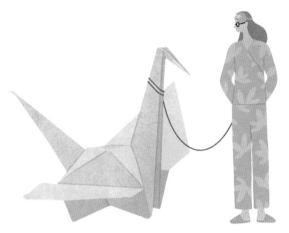

4년 정도 일했던 회사에서 퇴사를 계속 망설였던 이유는

최악의 경우를 상상해 미리 겁먹고 있었기 때문이었다.

프리랜서가 되면 겪을 법한 온갖 상황들을 그려 보니

괴롭지만 예측 가능한 범위 안에 속해 있는 것이 속 편했다.

그러다 예기치 못한 일로
갑자기 퇴사하게 되었고,
매일 걱정에서 또 다른 걱정으로
뒤척이는 밤들을 보냈다.

일이 없어 월세를 내지 못하면 어쩌지,
작업비를 받기 위해 소송을 해야 한다면…?
수정이 너무 많은 탓에 일이 끝나지 않을지도…
생각에 빠질수록 눈덩이처럼 불어나는 근심은
걷잡을 수 없었다.

걱정 상자

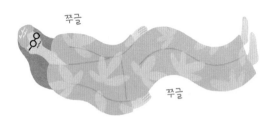

3년이 지난 지금, 일어나지 않은 일에 지레 겁먹는 것은
나를 갉아먹는 소모적인 일이라는 것을 깨달았다.

걱정해 봤자 일이 터지면 이럴 줄 알았다며 조금 덜 놀라거나,
별일 없이 지나가면 최악은 피했다는 점을 작은 위안으로 삼을 뿐이다.

불안해할 시간에 현실적인 대비책을 마련해 두고

'어떻게든 되겠지'라는 헐렁한 마음으로 살아가는 수밖에 없다.

아무리 앞서 고민해 봐야 인생은 생각대로 흘러가 주지 않기에.

하지만 오히려 그렇기 때문에
예측 범위 바깥의 기쁨들을 만나기도 한다.
그러니까 오늘은, 걱정 말고 푹 자도록 하자.

걱정은 하면 할수록 부피와 힘이 커진다.

걱정을 걱정하는 것으로는 아무것도 해결할 수 없다.

작업비가 계속 입금되지 않아 고소장을 쓰기로 결심하고 손이 먼저 나갔던 것처럼, 큰 문제가 닥치면 그때그때 몸을 움직여 해결하면 될 일이다.

프리랜서인 지금은 여전히 불안에 떨면서도 다음에 일어날 일이 궁금해 설레는 삶을 살고 있다. 만약 걱정하는 최악의 상황들이 실제로 벌어지더라도 의연하게 해결해 나가며 아몬드처럼 단단해지고 싶다.

딱 적당한 자기애

조건 없이 나를 사랑해야 한다고들 흔히 말하지만

나를 들여다보면 사랑해야 하는 이유를 찾기 쉽지 않다.

줏대 없고 이기적이며 치졸하고 소심한 내 모습을

가장 잘 아는 것이 나이기 때문이다.

내 못난 구석을 부정하지 않으면서

나를 지지하고 사랑할 수 있을지 의구심이 든다.

있는 그대로의 나를 직시하고 받아들이면서

자기혐오에 빠지지 않는 것.

스스로 납득할 만한 근거에 따라 나를 긍정하는,

딱 그만큼의 자기애를 가지는 것이 나에게 맞는 것은 아닐까.

자의식 과잉과 결핍 사이에서 균형을 잡는 것이

내가 나를 사랑하는 방식인 것 같다.

뜨겁지도 차갑지도 않은 온도로 자신을 바라보며
'나를 무조건적으로 사랑해야 한다'는 강박에서
벗어나고 싶다.

나를 열렬히 사랑하지 않는 내가 못 미더울 때가 있었
다. 자기애가 부족하면 제대로 된 관계를 맺기 힘들다
는 심리학 서적을 읽은 후 거울 앞에서 "나는 나를 사
랑해!"라고 소심하게 외쳐 보기도 했다.

하지만 흉내에 불과한 노력들은 소용이 없었고, 결국
억지로 '스스로를 사랑하는 나'로 바꾸기보다 자의식
과잉과 결핍 사이에 서 있는 지금 이대로의 나를 받아
들이기로 했다.

좋아할 만한 점이 생기면 좋아하고, 싫어하는 부분이
있다면 혐오 쪽으로 기울지 않도록 마음을 다스리기로.
저마다 맞는 각자의 방식으로 스스로를 긍정하면 되는
것이다.

임시의 장소에 담은 진심

스무 살부터 홀로 살기 시작하며 좁긴 해도 내 공간이라는 게 있었지만

나의 기호와 무관한 가장 저렴한 물건들로

채워 넣은 방은 내 것 같지 않았다.

그것이 싫었기에 일곱 번의 이사를 거치는 동안

정해진 예산 안에서 나의 취향이 무엇인지 끝없이 탐색했고,

온갖 시행착오를 거치며 욕망을 촘촘하게 바라본 끝에

내가 바라는 집의 분위기를 그리고 확신을 가지게 되었다.

그 기준에 따라 하나씩 모은 물건들은

언젠가부터 조화를 이루기 시작했다.

★ 집주인 허락하에 작업

또한 집을 보수하고 조명을 일일이 바꾸는

수고도 마다하지 않았다.

그러자 어느 순간 막연히 그려 오던 느낌과 닮은
아늑한 분위기의 집이 완성되었다.

내돈내산 페인트로
새것처럼 칠했으나
내 것이 아님...

하지만 계약이 만료되고 이사를 해야 하는 때가 오자
잠시 빌린 공간에 내 돈과 수고를 들이는 것에 회의가 들었다.

월세방을 전전하며 살아야 하는 현실이 그제야 보이기 시작한 것이다.

내 집을 갖는 일은 아득히 멀어 보이고, 어차피 떠나야 할

임시 장소에 정성을 들이는 것이 맞는지 의문이 들었다.

하지만 나는 다음에 이사한 집에서도 기어이 같은 수고를 반복했고,

스스로를 미련하다 느끼면서도 후회하지 않았다.

내가 머무는 곳의 느낌은 나에게 절대적인 영향을 미치고

내 방을 가꾸는 것은 곧 나를 살피는 일이라는 걸 알게 되었기 때문이다.

스쳐 갈 장소일지라도 매번 공들여 내 집을 꾸미는 것은
그때그때 나의 삶을 충실하게 살아가고 있다는 반증이었다.

누군가는 이런 나를 이해할 수 없을 테지만,
그 누구도 아닌 내가 살아갈 곳이기에 그만두지 않을 것이다.
집의 풍경은 삶을 대하는 태도와 닮아 있다.

곧 떠나야 할 곳임을 알고도 돈과 품을 들여 내 공간을 가꾸는 이유는 집의 분위기와 삶의 질이 긴밀하게 연결되어 있기 때문이다. 오지 않을지 모르는 '언젠가'를 위해 지금 사는 곳을 허름하게 내버려 두고 싶지 않다.

벗겨진 문틀은 깔끔하게 페인트칠하고, 녹이 슨 수도꼭지를 새것으로 교체하다 보면 '나는 오늘을 살아가는 것에 진심이구나' 하는 생각이 든다. 누군가는 여기에 드는 비용을 모아 훗날 집을 사는 데 보태겠지만 나는 당장의 기분을 위해 집을 보기 좋게 꾸민다. "임시의 삶이란 없다"(김지선, 《우아한 가난의 시대》)라는 말을 굳게 믿으면서.

나로 살아가는 일

나로 살아가기가 참으로 난감하고 고단할 때가 많다.

사람들의 관심을 원하는 동시에 숨고 싶어 하고

외로움에 치를 떨지만 누군가 손을 내밀면 주저한다.

잘 살아 보고 싶은 의지를 불태우다가도 금세 그을린 듯 무기력해지며,

낙담할 때마다 노력이 아닌

요행이나 운으로 모든 일이 잘 풀리길 바란다.

내가 만든 창작물을 부끄럽게 여기는 동시에

드러내고 싶어 하고,

나를 귀하게 여기는 마음으로 보살피다가도

별안간 내팽개치기도 한다.

모순투성이에 감당하기 힘든 성격적인 결함들을 가지고 있지만

이것이 바로 나다. 피하거나 거부할 수도 없는 나인 것이다.

나뿐만 아니라 다른 이들도 저마다의 곤란함을 가지고 살아갈 것이다.

완벽한 지침이 적힌 가이드라인은 누구도 가지고 있지 않다.

그저 각자에게 맞는 방식으로

빈칸을 채워 나가야 한다는 사실과

스스로를 바라보는 관점이

삶의 많은 부분을

결정한다고

어렴풋이 알고 있을 뿐이다.

흠이 많다 해도 반품이 불가능하고, 나를 감당하는 건 오롯이 내 몫이기에

고삐를 단단히 틀어쥐고 한 걸음 한 걸음 나아가는 수밖에 없다.

옷의 무늬만큼이나 다채로운 모습을 지닌

고통스럽고도 아름다운 이 세계 속으로.

생각에 모순이 많아 혼란스럽고 이 나이가 되도록 여전히 어떻게 살아야 하는지 모르는 스스로에게 피로감을 느끼곤 한다. 인생 자체가 적성에 맞지 않는 것 같고 내게만 난이도가 높게 설정된 것 같다.

반면 다른 이들은 꽤 능숙한 솜씨로 문제와 고민들을 매끈하게 봉합하며 사는 것처럼 보인다. 하지만 그것은 얄팍한 지레짐작일 뿐이다. 나뿐만 아니라 모든 사람에게도 이번 생은 1회차라 어렵고 당황스러운 건 마찬가지니까.

결국 우리는 다른 누구도 아닌 나로서 살아가야 하고, 그것은 혼자의 일이지만 나만이 겪는 일은 아님을 안다. 나는 앞으로도 여전히, 나의 한계 속에서 스스로의 비빌 언덕이 되고 다른 이의 팔에 매달리기도 하며 살아갈 것이다. 그리고 나 역시 누군가에게 의지가 되어 주는 든든한 팔이 되고 싶다.

4

하고 싶은 일을 하면 어떨까

숫자는 내가 아니다

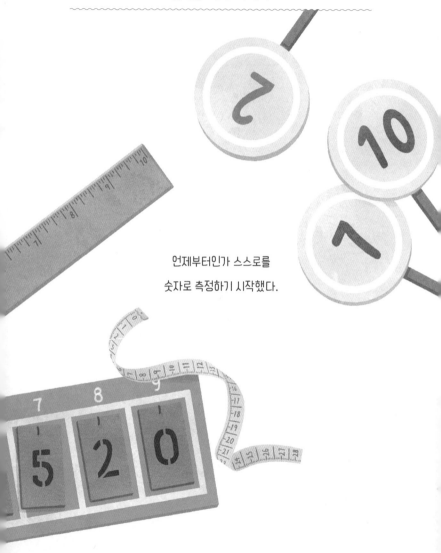

언제부터인가 스스로를
숫자로 측정하기 시작했다.

SNS 팔로워와 좋아요 수, 작업 비용과 연 수입, 책 판매 지수 등

숫자는 나를 판단하는 가장 빠르고 강력한 지표가 되었다.

특히 SNS의 숫자들은 나에게 해로웠다.

마음에 들던 그림도 반응이 저조하면 싫어졌고,

팔로워 수가 줄어들 때마다 나도 함께 깎이는 기분이었다.

숫자의 세계에서 일희일비하는 나는 불행할 수밖에 없었다.

좋아요와 팔로워 숫자는 곧 내 가치로 환산되고,

타인의 평가와 반응에 따라 속수무책으로 휘둘리게 되니까.

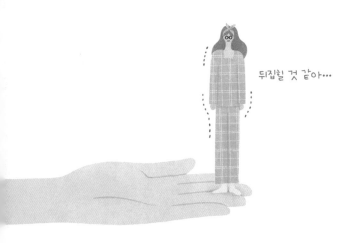

뒤집힐 것 같아…

SNS를 할 때면 손끝에 서 있는 기분이었다.

스스로 점수 매기는 습관에서 벗어나고 싶었다.

그림이 헐값에 매겨진다고 해서 내가 헐값인 것은 아니며
많은 사람이 선호하는 것이 반드시 훌륭한 것만도 아니다.

탑100 순위 밖의 음악들이 나에게 깊은 울림을 주는 것처럼

서열로 매길 수 없는 귀하고 반짝이는 것들을

알아보는 사람이 되고 싶다.

숫자만으로는 찾아낼 수 없는 기쁨들은

이런 다짐에서 태어날 것이다.

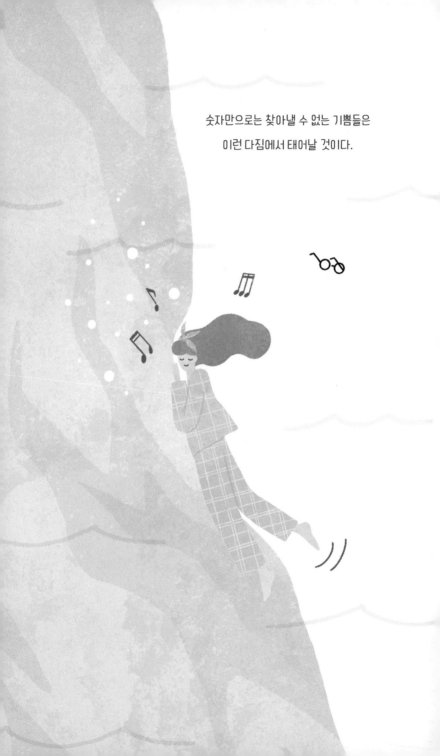

수치를 판단의 근거로 삼는 것은 직관적이고 편리하다. 그래서일까, 어느덧 내게 숫자는 성과를 증명하는 절대적인 기준이 되었다.

끊임없는 비교와 더 높은 숫자에 대한 열망은 나를 빠르고 확실한 불행으로 이끌었다. 반응이 미미한 그림은 부끄러워하며 감추었고, 좋다고 생각했던 영화도 평점이 낮으면 시시하게 느껴졌다. 외부의 평가에 기댈수록 스스로를 존중하기 힘들어졌다.

이제부터라도 나 자신을 지키기 위해 측정하기를 멈추고 내 목소리에 힘을 실어 주기로 했다. 타인의 인정 없이도 충분히 훌륭하고 값진 것들이 숫자 너머의 세계에 있으니까.

나는 재능이 없어

가진 게
별로 없어...

재능에 대한 의심과 낙담은 나의 오래된 화두다.

역시 난 못 하겠어.

재능에 대해 생각하면 결국 '나는 재능이 없어'라는 결론에 이르렀다.

그래서 '나는 재능이 없으니까'라는 말로 번번이 주저앉고 포기했다.

나보다 늦게 출발했어도 더 멀리 가는 사람들은
힘들이지 않고도 쉽게 결과를 손에 넣는 듯 보였고
그럴 능력이 없는 나는 많은 일들을 단념해 버렸다.

하지만 그렇게 놓아 버린 일들이 내게 묻는다.
혹시 나는 재능을 남들보다 쉽고 빠르게 갈 수 있는
지름길 정도로만 여긴 건 아니었을까.

잘하게 되기까지 버텨야 하는 어려움들을
재능이 없다는 핑계로 외면해 버린 건 아니었을까.

빠르고 효율적인 성과를 내면서

남들보다 앞서가는 능력만이 재능은 아닐 것이다.

서투르고 모자란 내 모습을 꿋꿋이 견디며 다독이는 마음과

더딘 속도라도 괜찮으니 계속 나아가고 싶다는 의지가

재능이라고, 새로이 나만의 정의를 내려 본다.

"너는 그림에 재능이 없어"라는 친구의 말 한마디에 나는 너무나 간단히 무너졌다. 당시 내가 생각했던 재능의 이미지란 갈고닦기보다 타고나야만 하는 무언가였고, 작은 노력만으로도 특출난 결과를 내는 치트키 같은 것이었다.

하지만 주변을 둘러보니 계속 글을 써 왔던 사람이 뒤늦게라도 작가가 되는 걸 볼 수 있었다. 10년 전, 흑역사라 일컫는 첫 앨범을 냈던 친구는 10년이 지난 지금 나름의 히트곡이 생겼다.

꾸준히 하는 사람이 결국에는 잘하는 사람이 된 것이다. 이를 깨닫고 나서야 비로소 '재능'이란 단어에 겁먹지 않게 되었다. 이제 나에게 재능이란 꾸준함이다.

메일 0통의 괴로움

메일의 알람이 울리지 않는 날은 평화롭지만

스팸함으로
들어갔나?

그런 날들이 계속되면 초조해지기 시작한다.

아무도 나를
찾지 않는다는 사실은
나에게 문제가 있다는
생각으로 번지면서

'나 지금 잘하고 있는 걸까?'
'내 능력이 부족한 건 아닐까?' 하는 물음표에 둘러싸인다.

기다림의 시간이 길어질수록

나의 쓸모는 점점 줄어들다가

결국 점처럼 작아지고 만다.

마치 내가 가치 없는 사람이 된 것만 같다.

점이 된 나는 초조한 마음으로 기다리기만 한다.

누군가 다시 나를 불러 주고 쓰임을 만들어 주기까지.

하지만 내가 착각한 사실이 있다.

필요에 따라 내 가치의 크기가 변하는 것은 아니라는 사실이다.

혼자의 힘으로 고난을 헤치며 길러 낸 자신의 값어치는

그렇게 단숨에 사라지거나 무너지지 않는다.

작업 과정을 찍어
유튜브에
올려 볼까?

이제는 실의에 빠지는 대신 자발적으로 일을 벌인다.

나의 쓸모는 내가 먼저 만들어 내면 그만이니까.

그렇게 저지르듯 시작한 일들을 수습하다 보면
어느 날 메일함의 반가운 알람 소리가 들려올 것이다.

누군가 나를 계속 찾고 일을 주어야 지속이 가능한 프리랜서의 숙명 때문인지 일이 없을 땐 내 자신이 초라하고 구차해 보이기 일쑤다.

터무니없이 낮은 가격이라서 거절한 일에도 미련이 생기고, 내 그림이 통하던 시기는 지나간 게 아닌지 조마조마하며 시간을 보낸다. 하지만 이런 고민과 후회가 해결해 주는 것은 아무것도 없다. 타인의 손에 내 가치의 판단을 맡겨 버리면 비수기마다 자학과 무기력의 터널에 갇히고 말 것이다.

하얗게 비워진 공백의 시간을 자발적 일 벌이기로 채워 나가다 보면 예기치 못한 기회로 연결되기도 한다. 지금 내가 책을 쓰고 있는 것처럼 말이다.

실패한 쇼핑에서 얻은 다짐

최소 생활비 외 지출은 거의 식비에 쓰고 있다.

린넨 쿠션 커버
₩11,000

계량 스푼
5/15ml
₩5,830

우드 브레드
나이프
₩5,350

멀티탭 정리함
₩9,350

스텐 계량컵
₩3,600

수압 상승
샤워기
₩11,610

캔들 심지 가위
₩5,280

이전에는 자잘한 소비를 자주 했다.
만 원 남짓한 물건들을 사는 건
묘하게 돈 쓰는 죄책감을 덜어 주었기에.

전부 다
필요해.

당시에는 아무리 살펴봐도

꼭 필요한 소비만 한 것 같았는데,

재구매했으나
이전에 산 것과
같은 현상이 발생.

쓰지 않음.
계량은
숟가락으로 함.

멀티탭 재배치로
쓸모없어짐.

초를 안 켜게 되어서
심지를 굳이
자를 필요 없음.

시간이 지나니 실패한 쇼핑의 결과가 드러났다.

사려다가 참은 물건들의 목록

요가링
₩13,610
수건으로 대체함.

원목 미니 스툴
₩14,960
단지 화분의 높이를
조금 높이고 싶었을 뿐.

심플한 멀티탭
₩17,900
살짝 더 예쁘지만
당장 필요 X

깨닫고 결심한 바가 있어 쇼핑을 거의 끊다시피 했지만,

공허하다.

가슴에 큰 구멍이 뚫린 것처럼.

인생의 낙 하나가 사라졌다.

즐거움은 어디에서 찾아야 할까.

온 세상이 힘을 합쳐
내게 돈을 쓰라
유혹하지만

그래도 나는 기필코 덜 소비하면서도 만족스러운 삶의 방식을

찾아내고 말 것이다.

불안정하다는 걸 알면서도 선택한

나의 일을 오래오래 하기 위해서.

퇴사 후 프리랜서의 길을 걸으며 수입이 불규칙해지자 소비 습관을 바꿔야 할 필요를 느꼈다. 각오는 했지만 막상 현실이 되니 포기해야 하는 것들의 빈자리가 실감 났다.

쇼핑의 즐거움, 계절마다 다른 벚꽃과 바다와 단풍을 보러 떠나는 여행, 카페에 들러 죄책감 없이 디저트를 고르는 일들….

생계유지를 우선으로 삶을 재편하다 보니 많은 기쁨들이 사라지면서 생활은 삭막해졌다. 대신 내 의지와 결정에 따라 살아갈 수 있는 주도권을 얻었다. 이 삶을 지키기 위해 덜 쓰고도 행복할 수 있는 방법을 모색하는 수밖에 없다. 이렇게 살기로 한 건 다른 누구도 아닌 나의 선택이기 때문이다.

스스로를 책임지는 것은 참으로 어른의 일이다.

완벽보다 중요한 건 완성

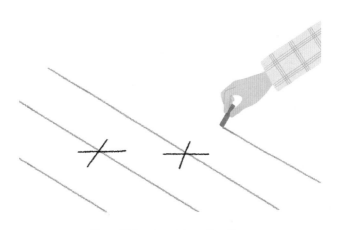

일의 시작을 자꾸 미루는 버릇이 있다.

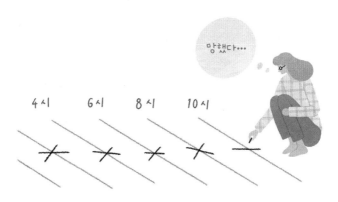

시동을 거는 데에만 몇 시간이 걸리거나

하루를 통으로 날리기도 한다.

막상 시작하면 관성이 붙어 계속하게 되지만

시작 전에는 갑자기 미니멀 라이프를 다짐하며 입지 않는 옷들을 버리거나,
보기 싫게 꼬인 케이블을 정리하며 해야 할 일을 외면하기 일쑤다.

그러다 '지금 이럴 때가 아닌데…'라는
걱정이 번쩍 들지만 잠시일 뿐.
시작하지 못하는 내가 한심하면서도 딴짓을 도저히 멈출 수 없다.

일의 즐거움보다 괴로움이
더 크기 때문이기도 하지만
미루는 무의식 속에는 제대로
완벽하게 해내야 한다는
나의 강박이 숨어 있다.

아무것도 시작하지 않은 나는 결과물에 실망할 일도,

부정적인 피드백을 걱정할 일도 없다.

불안에 떨고 있지만 제법 안온한 느낌이 드는 것이다.

하지만 진정한 평화는 마감 후에나 오는 것.

삐뚜름한 원이라도 여러 개 그어 보는 것이

처음부터 완벽한 원을 그리려 하는 것보다 완성에 가까워지는 길이다.

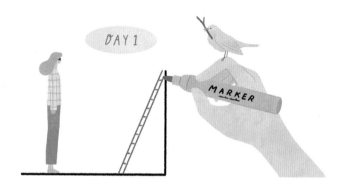

새가 둥지를 짓기 위해 나뭇가지부터 모으듯

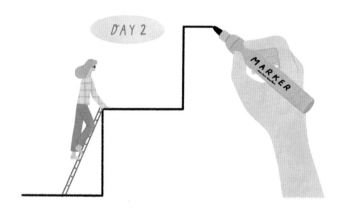

오늘은 딱 나뭇가지 줍기까지만 해 보기로 마음먹으면

시작이 좀 더 쉬워진다.

커다란 각오까지는 필요 없으니.

그렇게 하루치의 일들을 해내다 보면
완성에 가까워진다. 제시간 안에
마침표를 찍어 보는 경험은
완벽에 가까워지려는 노력보다 중요하다.

'비록 지금은 딴짓을 하고 있지만 나중에 제대로 해낼 거야'라는 생각은 내가 가장 애용하는 핑계다. 하지만 이 말은 그 나중이 닥쳤을 때 미룬 만큼 잘해야만 한다는 압박으로 돌아오고, 부담을 느낀 나는 또다시 딴짓을 시작한다. 이 굴레에 진입하면 마감을 지킬 수 없게 된다.

차라리 '딱 5분만 해 보기'를 여러 번 반복하거나 '일단 아무 말이나 써 보기'로 나를 어르고 달래 가며 시작하게 만드는 것이 낫다.

시작이 반이라는 말이 존재하는 건 그만큼 시작이 어렵다는 뜻이니 미루는 나의 모습을 너무 한심하게 여기지 않았으면 좋겠다. 그리고 시작하기만 해도 대견해하며 스스로를 칭찬해 주도록 하자. 아기가 첫걸음을 떼었을 때 온 가족이 환호하는 것처럼.

하고 싶은 일을 해 봐도 될까

어느 날 그리고 싶었던 그림을 마음껏 그리고 있는데,

갑자기 식은땀이 나기 시작했다.

나의 현실 감각이 경고를 보내고 있었다.

하고 싶은 것을 하는 일이

생계와는 거리가 먼 사치처럼 여겨질 때가 많다.

시간을 들였으나 성과 없는 일들은

반드시 나에게 대가를 요구하기 마련이니까.

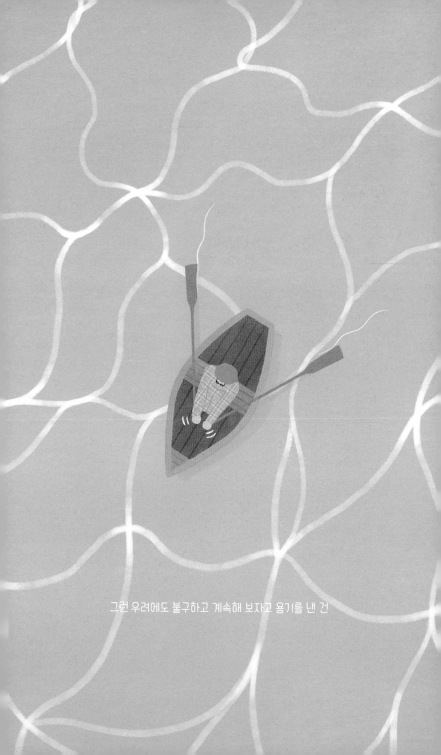

그런 우려에도 불구하고 계속해 보자고 용기를 낸 건

그 시도의 과정에서만 만날 수 있는

어떤 새로운 경험에 대한 기대 때문이다.

비록 아무런 수확 없이 끝날지라도

그 기대가 나를 살아가게 한다.

브이로그를 찍기 위해 무리해서 장비를 사고 아낌없이 시간을 들였던 지난 봄이 떠오른다. 예전부터 해 보고 싶었지만 수익과 무관했기에 오랫동안 망설여 온 일이 었다. 영상을 찍는 동안 '이럴 때가 아닌데' 하는 죄책감에 수시로 마음이 무거워졌다.

하지만 커다란 라일락 나무 아래에서 길고양이의 낮잠을 조용히 기록하고, 일기를 적듯 자막을 타이핑해 넣는 동안 깨달았다. 이것은 시간을 낭비하는 것이 아니라 꼭 붙드는 일이고, 이런 순간들이 삶을 풍요롭게 만든다는 사실을.

사각의 프레임에 담긴 아름다운 계절과 콧속으로 밀려든 아찔한 라일락 향을 잊을 수 없을 것이다.

하고 싶은 일을 하는 것은 이토록 행복한 일이었다.

뻔뻔해져도 괜찮아

덥석 받아 놓고 후회하는 일들이 있다.

경력에는 큰 도움이 되겠지만 너무 이르게 찾아온 것만 같은 기회들과

해 오던 것보다 더 큰 능력을 요구하는 일들이 그렇다.

아직 준비가 되지 않았는데, 보이는 것보다 부족한데…
걱정과 함께 일을 맡긴 사람을 실망시킬까 두렵다.

도저히 자신이 없어 결정을 번복하고 쓸쓸하게 안도할 때도 있지만,
무서워도 눈을 질끈 감고 '해 보자' 쪽으로 훌쩍 건너가는 순간들이 있다.

결과의 성패가 오로지 나에게만 달렸다고 착각하지 않고,
마감 시간 안에서 완벽하기보다 완성에 무게 중심을 둔다.

그리고 최선을 다했지만 결과는 최상이 아닐 때
'어쩔 수 없지 뭐'라고, 조금 뻔뻔하게 생각해 버린다.

일단 하는 쪽으로 나를 떠밀어 놓으면

망한 일이라도 경험치가 쌓이기 마련이다.

그리고 그 경험들을 바탕으로 나는 점점 더 노련해질 것이다.

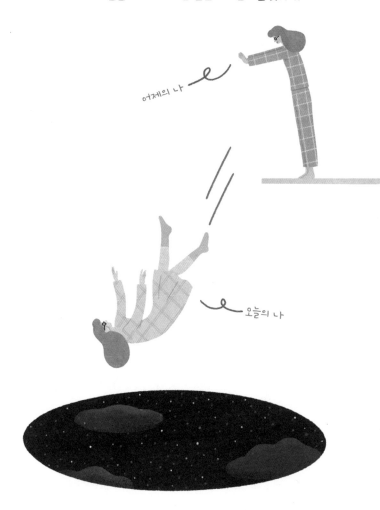

어제의 나

오늘의 나

그러다 보면 언젠가는 어려운 도전에 대한 설렘이

두려움과 걱정을 앞지르는 날이 올지도 모른다.

그러니까 오늘도 뻔뻔하게 한번 해 보자고 마음먹는다.

낯설고 어렵게 느껴지는 제안을 받으면 망설이는 일이 많다. 익숙한 일만 수락하다 보면 할 수 있는 일이 점점 줄어들 것이므로 자신이 없어도 계약서에 도장을 찍어 버린다. 그러고는 미래의 나에게 떠넘기듯 뒷일을 부탁한다.

오늘의 내가 과거의 나를 원망하면서도 어떻게든 마침표를 찍고 나면, 정신없이 파도가 몰아치고 간 자리에 사금 같은 경험이 쌓여 있다. 그것들은 어디로 가지 않고 고스란히 남아, 다음 일의 바탕이 된다.

그 사실을 잘 알기에 나는 또다시 뻔뻔하게 "할게요!"라고 대답하게 되는 것이다.

할머니가 되었을 때

프리랜서는 수입이 불안정하고 사회 안전망이 부족하기 때문인지 먼 미래를 떠올리면 암담한 그림만 그려졌다.

반년 후 정도까지만
예측하고 대비하는 것이
정서적으로 덜 불안해지는
삶의 방식이었다.

6 MONTHS

하지만 주거와 수입, 건강 등의 문제를 제쳐 두고

어떤 모습으로 늙어 가고 싶은지에 대한 이야기라면

낙관을 넉넉히 보태어 상상력을 발휘해 볼 수 있다.

먼 훗날의 나는 그림이나 책 같은 창작물을
꾸준히 만들어 내는 사람이었으면 한다.

내가 작업한 책들이
서점의 구석진 코너에서, 도서관의 먼지 쌓인 서가에서
누군가에 의해 우연히 발견되기를 바란다.

듣던 음악을 다시 듣고, 봤던 영화를 또 보는 대신

새롭게 쏟아져 나오는 작품들을 찾아보면서,

익숙하고 친밀한 과거의 산물을 끌어안고 살기보다

받아들이기 어려워도 낯선 것을 향한 호기심으로 눈을 빛내고 싶다.

새로운 것을 배우는 일에 주저함이 없어서

엉성하고 투박한 솜씨로 도자기를 구워 접시를 만들거나

나무를 깎아 도마를 만들고, 케이크를 굽는 기쁨을 아는 사람,

글 모임에서 부끄러움을 견디며 시를 써 보기도 하고

사람들과 오래 연을 맺으며 다정한 안부를 묻는 사람이 되고 싶다.

집에서는 나이만큼 습득한 다양한 생활의 기술로

능숙하게 살림을 꾸리며

거침없는 발걸음

마트나 우체국에 갈 일이 생기면

가벼운 걸음으로 외출에 나서는 부지런한 사람,

그리고 무엇보다 사랑 이야기에 설레며

달콤한 몽상을 즐기는 할머니로 늙어 가고 싶다.

이런 상상들을 하다 보니 나이 들어 가는 일이

서글프지만은 않을 거란 예감이 든다.

10년 전 또는 20년 전의 나는 지금보다 미숙하고 서툴렀으며 부끄러운 짓도 많이 했다. 나이를 먹어 좋은 것이 있다면 적어도 젊은 시절보다는 노련해진다는 것이 아닐까.

만약 크게 아프지 않고 노인이 된다면 일상을 허투루 보내지 않고, 마음의 흠결들을 솜씨 좋게 보수할 수 있기를. 그래서 지금의 나보다 여러모로 더 나은 할머니가 되길 바란다.

늙어 가는 일이 쇠약해지는 일만이 아닌 '미흡한 나'를 '만족스러운 나'로 완성해 나가는 여정이라면 노화도 긍정적으로 받아들일 수 있을 것 같다.